KB171869

포근 포근 여행의 순간

포근 포근 여행의 순간

발 행 | 2022-9-20
공동저자 | 장선혜 . 라쌤 . 권나영 . 신수연 . 미미 . 김소연 . 카페디깅
기획 · 디자인 | 꽃마리쌤
펴낸이 | 한건희
펴낸곳 | 주식회사 부크크
출판사등록 | 2014.07.15(제2014-16호)
주 소 | 서울 금천구 가산디지털1로 119, A동 305호
전 화 | 1670 - 8316
이메일 | info@bookk.co.kr

ISBN | 979-11-372-9556-8

www.bookk.co.kr

Today's series

오늘도 시리즈 일곱번째 이야기

포근 포근 여행의 순간

장선혜

라 쌤

권나영

신수연

미 미

김소연

카페디깅

'여행'이라는 주제로
작가님들의 다양한 이야기를 담았습니다.

당신의 . 이야기가 . 책이 . 됩니다

쓸수록 힘이 나고,
매일매일 행복해지는
한 줄의 기록

당신의 . 기록이 . 책이 . 됩니다

차례

Today's series

Part 1

상실치유 여행

장선혜 지음

상실을 경험한 사람들에게 이 책을 바칩니다.

사람들의 마음에는 많은 구멍이 있습니다.
어떤 이는 자기 존재감이 없다고 생긴 구멍,
어떤 이는 열등감으로 가득한 구멍,
어떤 이는 비탄과 상실로 인한 구멍이 있습니다.
그런데 사람들은 똑같은 구멍으로 알고 대처합니다.

비탄과 상실로 인한 구멍은 마음 밑바닥에 슬픔과 화(분노, 죄책감)가 숨어 있습니다. 그 구멍으로 인한 슬픔과 화는 의도적으로 바꾸려 하면 안 됩니다.

그 감정 그대로 겪어야지만, 상실로 인한 감정에서 편안해집니다.
상실 전과 후에는 많은 변화가 있는데 우리는 상실 전과 똑같아지려고 합니다.
그것은 불가능합니다.
그러니 여러분들은 상실로 인한 감정을 긍정적으로 바꾸려고 애쓰지 마세요.

장선혜

×

갑작스러운 상실로 인한 아픔을 겪어 보았기에 상실이란 주제에 마음이 끌렸다. 더불어 그들이 그림책을 읽음으로써 상실로 인한 고통을 스스로 치유하도록 돕기 위해 그림책을 통한 상실치유 여행일기를 쓰게 되었다.

어린 시절의 추억을 끄집어내다

김정 『때 빼고 광내고 우리 동네 목욕탕』을 읽고

때 빼고 광내고 우리 동네 목욕탕 그림책은 빨간 대야에서 몸을 씻으며 연례행사처럼 갔던 동네 목욕탕을 떠올리게 하는 1970년대 시대상을 반영해주는 그림책이다. 그 시절의 아이와 부모라면 모두 공감할 수 있는 따뜻한 향수를 불러일으키는 그림책이다.

—YES24 책 소개에서 발췌

'나는 1970년대에 1남 4녀 중 셋째로 태어났어. 그때는 삶이 넉넉하지 않아서 집에서 빨간 대야에 뜨거운 물을 받아 목욕하곤 했지. 풍로에 따뜻한 물을 데우면서 말이야. 우리는 너무 추워서 가끔 힘들기도 했지만, 목욕 후 온돌방에 들어가서 이불을 덮고 수다를 떨면서 우린 깔깔 웃으면서 즐겁게 지냈지. 그때가 가끔 그리워.'

그때 그 시절의 추억을 떠올리게 해준 이 그림책이 참 좋다. 그때의 우리 엄마도 아이들을 사랑스럽게 바라보았지.
지금의 내가 딸들과 손자들을 사랑스러운 눈으로 바라보는 것처럼.

1979년 어느 겨울에 집 앞에서 찍은 사진 : :

자녀의 상실로 인한 슬픔

안녕달 『눈, 물』을 읽고

> 이 그림책을 읽고 나는 얼마나 울었는지 모른다. 나의 처지와 비슷해서 이 그림책이 더 마음이 아팠는지도 모른다.
> 어느 겨울밤, 여자는 어쩌다 눈아이를 낳았다. 아이가 운다. 엄마의 품이 너무 뜨거워서 아이의 몸이 녹아내린다.
>
> —『눈, 물』 중에서

나도 그녀처럼 7~8개월에 아이를 잃었다. 뱃속에서 아이가 아픈 줄도 모르고 한참 동안 그대로 있었다. 그 후 나는 자궁과 난소에 혹이 생겨 수술해야 하는 상황에서도 10년 동안 방치했었다. 가끔 죽을 만큼 아팠지만, 수술을 하면 내 아이와 영원히 이별할 것 같아 수술하지 않았다.

나는 아무에게도 말할 수 없었다. 아무에게도 말할 수 없는 슬픔, 그것은 자식을 잃은 어미, 아비의 슬픔이다. 세월이 지나도 지워지지 않는 슬픔이다.
『눈, 물』이라는 그림책을 읽고 난 후 나는 나의 아이를 보내주기로 했다.
그래서 마지막으로 나의 아이에게 이 시를 바친다.

나의 아이야!
장선혜

나의 아이야. 나는 너를 만난다.
오늘도 내일도.

아리고 쓰린 나의 아이의 이야기를
아무에게도 말하지 않는다.
처음부터 없었던 것처럼…

나의 아이야, 슬퍼하지 마라.
오늘도 내일도 나는 따뜻하게 품는다.
나의 아이를.

나의 아이야, 외로워하지 마라.
오늘도 내일도 나는 따뜻하게 품는다.
나의 아이를.

나의 아이야, 사랑한다.
오늘도 내일도 영원히.

행복아. 엄마, 아빠는 영원히 너를 사랑한단다. 안녕, 나의 아이야! : :

딸의 결혼식으로 인한 헛헛한 마음을 달래다

김창기, 양희은 『엄마가 딸에게』를 읽고

그림책을 통해 딸의 결혼식으로 인한 헛헛한 마음을 달랬다. 또한 딸에게 하고 싶은 말을 할 수 있어서 이번 여행이 참 즐거웠다.

이 그림책에서 가장 기억에 남는 말은 엄마는 딸에게 "너의 삶을 살아라"라고 이야기하고 딸은 엄마에게 "나의 삶을 살게 해 줘"라는 말이다.
이 그림책을 보는 내내 나와 우리 딸들이 떠올랐다. 그래서 딸들에게 하고 싶은 말을 시로 적어 보았다.

엄마가 딸들에게

나는 딸들에게 늘 잔소리한다.
그 잔소리에 딸이 가끔 힘들어한다.

딸들아, 엄마는 늘 걱정한단다.
같은 여자이기에 여자의 삶이 힘들다는 것을 알기에 더 걱정한단다.
그래서 늘 너희에게 잔소리했단다.

엄마는 딸들이 엄마의 삶보다 더 나은 삶을 살길
이 세상의 모든 신께 기도했단다.
딸들아, 너의 삶을 살아라! Please

제주 오설록 티 뮤지엄에서

큰딸을 시집보낸 후 헛헛한 마음을 달래기 위해 제주도로 여행을 왔다 : :

민들레 홀씨가 되어 고인이 된 아버지를 만나다

김장성 『민들레는 민들레』을 읽고

김장성의 『민들레는 민들레』 그림책을 읽고 난 후 나는 민들레 홀씨가 되어 고인이 된 아빠를 만났다. 아빠와 배드민턴도 치고 가족들과 맛있는 점심도 먹었다. 그때의 느낌을 살려 아빠에 대한 시를 적어 보았다.

아빠는 아빠

-장선혜

봄이 와도 아빠.
여름이 와도 아빠.
가을이 와도 아빠.
겨울이 와도 아빠.

기쁠 때도 아빠.
슬플 때도 아빠.
힘이 들 때도 아빠.
아플 때도 아빠.

아빠! 아빠! 아빠!

그중에서 우리 큰 손자를 보면 아빠 생각이 더 난다.
아빠랑 참 많이 닮은 큰 손자가 참 좋다.

큰 손자를 통해 그리운 아빠를 매일 보아서 참 좋다.
큰 손자는 아빠가 보내준 마지막 선물이다.

고인이 된 아빠와 배드민턴을 치고 놀던 그때 그 시절이 그립다 : :

할머니가 되다

안녕달 『할머니의 여름휴가』를 읽고

> 띵동! 띵동! 요란한 소리에 이끌려 밖에 나가 보았다. 반가운 손자와 며느리가 바닷가에서 논 후에 할머니 집으로 놀러 왔다. 소중한 손자가 할머니에게 바닷소리를 들려준다고 소라 껍데기를 귀에 대어 주었다. 며느리는 내가 힘들다고 바닷가에 못 간다고 말하지만, 나는 사실 가고 싶었다.
>
> —『할머니의 여름휴가』 중에서

나는 이 그림책을 보면서 그림책의 할머니와 나는 참 많이 닮았다고 생각했다.
이번에 딸이 자기 가족들만 데리고 제주도에 놀러 갔다. '속으로는 나도 가고 싶다'라고 말했다.

하지만 나는 수술로 인해 가지 못해서 매우 섭섭했다. 나이가 들고 나니 아주 사소한 것들로 인해 섭섭할 때가 많다.

그래서 나는 그림책으로 들어가서 메리 할머니와 바닷가에서 수영도 하고 수박도 먹었다. 시원한 바람은 나의 두 볼을 살며시 만져주고 나의 등을 토닥여주었다. 오늘은 참 즐거운 하루였다. 다음에는 남편과 딸들, 손자들과 같이 제주도로 놀러 가야겠다.

제주시 조천읍 북촌리에 있는 바닷가에서 : :

17세의 나를 만나다

이수지 『거울속으로』을 읽고

이 그림책을 읽고 난 후 17세의 나에게로 가는 타임머신을 타서 편지를 보냈다.

To. 17세의 베로니카에게

난 지금 53세인 베로니카야. 지금 넌 국어 선생님을 짝사랑하느라 공부에 많은 시간을 보내지 못해서 성적이 내려갔구나. 그로 인해 많이 힘들고 지쳐 있구나.

베로니카야, 넌 미래에 멋지고 자상한 남편을 만난단다. 토끼 같은 딸도 2명을 낳고 그 딸들이 자라서 토끼보다 더 예쁜 찬뚱이, 은뚱이를 낳아서 기르고 있단다. 나는 18개월이 된 손자들을 위해서 그림책 작가가 되려고 해. 그 아이들에게 유산으로 세상에 선한 영향력을 주는 사람으로 성장하기 위한 글을 쓰기 위해서 열심히 그림책을 주제로 공부하고 있단다.

베로니카야, 지금의 사랑이 인생의 전부인 거 같을 거야.
하지만 너의 미래를 위해서 지금은 공부에 온 신경을 썼으면 좋겠구나.
너는 세상에서 제일 고귀하고 특별한 존재이니까.
다음에 만나. 영원히 사랑해!

— From. 53세 베로니카

나

장선혜

짤난 나도.
못난 나도.
결국 나인데.

조금 짤나면 어때.
조금 부족하면 어때.
그것도 나인데.

소소한 일상의 소중함을 이야기하다

다나카와 슌타로 『산다는 것은』을 읽고

나에게 소소한 일상의 소중함과 가족의 소중함을 알게 해준 그림책 여행이라서 그 고마움을 시로 표현해보았다.

덕분에

과거에는 부모님 덕분에 사랑이 무엇인지 알았다.
지금은 남편 덕분에 인생의 참의미를 알았고,
지금은 딸들 덕분에 인내를 배웠고,
지금은 사위들 덕분에 또 다른 인내를 배웠고,
지금은 손자들 덕분에 인생의 참맛을 알게 되었다.

인생의 참맛이란 아이스크림처럼 달콤한 맛, 레몬처럼 새콤한 맛, 고추같이 매운맛, 겨자처럼 톡쇼는 맛, 소금처럼 짠맛을 합한 맛이다.
이 합한 맛을 우리 손자들이 느끼게 해주었다.
그래도 오늘은 손자들 덕분에 행복하게 살고 있음을 고백하는 날이다.

나는 부모님, 남편, 딸들, 사위들, 손자들 덕분에 그중에서 내 덕분에 인생의 감사함을 배웠다. 지금 이 순간 가족 덕분에 참 행복하다.
산다는 것은, 지금 살아 있다는 것은, 가족과 기쁨을 같이한다는 것, 가족과 슬픔을 같이한다는 것이다.

-장선혜의 자작시

뚱이 할머니는
'진정한 가족들은
기쁨을 같이 나누면 기쁨이 배가 되고,
슬픔을 같이 나누면 슬픔이 배로 줄어든다.'
라고 말한다.

뚱이네 가족들 : :

Today's series

Part 2

시간여행,

여행을 담다. 마음을 담다.

라쌤 지음

라쌤

×

우리의 인생은 여행의 여정이다. 여행을 계획하는 설렘과 기쁨, 여행지에서 만나는 시간과 공간, 경험과 생각 그리고 나를 만난다. 더 좋은 곳으로 떠나고 싶은 기대와 희망이 넘친다. 시간여행을 떠나며 소중한 가족을 담고, 마음을 담는다. 우리 모두의 시간여행은 소중하다.

더 멀리 더 깊이
더 높은 시선으로

시댁에서 약 20분 거리에 있는 논산 탑정호 출렁다리가 완공되었다는 반가운 소식에 우리는 탑정호로 향했다. 설 연휴라 많은 사람들로 붐볐다. 원주에 있는 소금산 출렁다리보다도 무려 3배나 더 긴, 약 600m의 길이에 위로도 쭉쭉 뻗은 웅장한 모습에 또한 감탄이 저절로 나왔다.

한 발 한 발 디딜 때마다 출렁거리는 이 마음, 두근두근 심장이 뛰어오른다. 남편과 딸이 앞장을 서고, 나는 뒤쪽에서 내어주는 손을 잡고 바짝 따라 걷는다. 아래만 바라보니 무서운 마음에 시선을 높이 들어본다. 짙푸른 하늘과 탁 트인 호수가 만나 이루어내는 아름다운 경관이 눈에 들어와 무서움은 잠시 사라진다.

햇빛에 반사된 은물결이 잔잔하게 움직이는 모습에 매료되어, 걸음을 잠시 멈추고 물결을 따라가본다. 언제부터 있었는지 오리 가족 세 마리가 물결을 따라 평온하게 헤엄을 치다가 갑자기

: : 2022. 2월 논산 탑정호 출렁다리를 돌아보며

고개를 물속에 푹 밀어 넣더니, 꽁지와 두 다리를 들어 올리며 검은 배설물을 마구 쏟아 낸다. 다시 머리를 물속으로 집어넣고 열심히 먹이를 사냥 중이다.

평온하고 여유로운 모습 뒤에 생존을 위한 분주한 모습이 숨겨져 있었다. 누구나 평온한 모습 뒤에 하루하루 치열하게 살아낸 흔적들을 품고 있다. 하지만, 한쪽 방향으로만 달려가느라 소중한 것을 미처 못 보고 지나쳐 버리지는 않는지. 앞만 바라보고 계획했던 일들을 하느라, 현재를 위해 해야만 하는 일들에 묻혀서, 저 깊숙한 곳에 있는 그 무엇들을 그저 바라보기만 하는지도 모른다. 가끔은 다른 곳으로 시선을 돌려보자. 더 멀리 더 깊이 더 높이.

열심히 먹이 사냥을 하는 오리 가족

초대받은 여행

내가 살고 있는 원주에서 고흥까지는 약 6시간이 걸린다. 아주 먼 곳이지만, 제부에게 친정 엄마와 6남매 가족 모두가 초대를 받아서 기쁘고 설레는 마음으로 고흥으로 향했다.

의정부에 살고 있는 제부의 고향인 고흥에서의 2박 3일의 여행이라니, 그것도 여행 코스를 계획하고 숙박을 예약하고 모든 일정을 안내하고 많은 비용까지 가족을 위해 베푸는 넉넉한 마음에 또한 감동받았다. 살아가면서 한 번쯤은 소중한 사람들을 위해서 큰 기쁨과 추억을 선사하는 일은 참으로 멋진 일이다.

과거 한센병 환우들의 아픈 애환이 서려 있는 소록도, 일제강점기 일제의 만행이 고스란히 남아있는 감금실과 검시실을 돌아보며 고통당한 역사에 마음이 아팠고, 환우들의 눈물과 땀으로 일구어 낸 아름다운 중앙공원을 둘러보며 그들의 숨결이 느껴졌고, 한센인들을 위해서 43년을 봉사하며 헌신한 두 수녀, 마리안느와 마가레트의 손길과 사랑에 아픈 마음이 녹아내렸다.

2018.10월 고흥, 소록도에서

엄마와 추억 만들기

친정 엄마와 딸들과의 여행은 생각만으로도 마음이 따스해진다. 딸 넷이 모두 함께 하지는 못했지만, 엄마와의 즐거운 여행을 계획하며 동생과 나는 행복감에 젖어들었다.

엄마께서 좀 더 기력이 있으실 때, 해외로 다녀오고자 너무 멀지 않은 곳, 홍콩으로 정했다. 엄마께서는 여행이라는 말에 좋아하셨지만, 한편으로는 걱정도 하셨다. 아픈 다리로 많이 걷기가 힘드신 이유로 망설였으리라.

홍콩의 야경과 피크트램, 전망대, 할리우드 로드, 마카오의 성 바울 성당 유적, 세나도 광장, 시티 오브 드림즈, 베네시안 등 이곳저곳을 돌아보며 다음에 또 오고 싶을 정도로 마음에 들었다.

3일째 되는 날에 엄마가 공중 화장실에서 넘어지는 아찔한 일이 벌어졌다. 지금도 그때를 생각하면 너무도 놀라서, 여행 때마다 조심하고 또 조심하리라 다짐하곤 한다. 다행히 크게 다치지 않아서 얼마나 감사했던지 모른다. 그렇게 엄마와의 여행은 기쁨으로 시작해서 많이 놀랐고, 감사함으로 깊은 추억을 가득 담아왔다.

2018. 5월 홍콩, 마카오 여행 중 세나도 광장에서

어머니의 비밀금고

한반도의 두 번째로 큰 섬, 거제도!
2박 3일의 일정으로 계획하고 떠나는 시댁의 가족 여행지이다. 여행은 가족 모두가 참석(10명) 하는 것만으로도 행복하고 의미 있는 일이다.

드라마 촬영지로 유명한 '바람의 언덕' 위에 있는 커다란 풍차가 이국적 정취를 불러일으켰다. 유람선을 타고 가며 만난 갈매기들이 사람들이 주는 새우깡을 받아먹느라 끼룩 끼룩 소리를 내며 가까이 다가왔다. 섬 전체가 하나의 정원을 이루는 외도 보타니아는 그야말로 정성스러운 손길이 닿은 정원사의 마음이 느껴졌다.

1일째의 즐거운 여행을 마치고 숙소로 들어가서 짐을 풀었다. 다음 날은 볼거리가 많은 통영으로 넘어가기로 했다. 어떤 모습일지 기대하며, 나도 모르게 꿈나라로 스르르 빠져든다.

2011. 8월 거제도 여행, 바람의 언덕

아버님께 전화 한 통이 걸려왔다. 이른 시간에 울리는 전화벨 소리가 왠지 다급함을 알려주는 것만 같았다. 시댁에 도둑이 들었단다. 서둘러 모든 짐을 꾸려서 돌아가야만 했다. 아쉬움도 많았지만, 너무 놀라서 우린 할 말을 잃었다.

4시간 이상을 달려서 점심때가 되어서야 집에 돌아오니, 문은 활짝 열려있고 여기저기 물건들이 널려 있었다. 어머니께서는 귀중품을 보관해 놓은 곳을 살피시더니, 아예 통째로 들고 나오시며 안에서 꾸러미를 꺼내셨다. 다행스럽게도 반짝이는 보석들이 그대로 있었다. 도둑이 찾다가 못 찾고 그냥 간 모양이다. 어머니의 비밀금고인 낡은 양은 주전자를 발견하지 못하고 말이다. 우리는 놀란 마음을 쓰러내리며 집안을 정리했다.

거제도 하면 그 일이 떠올라서 너무 아쉽다. 이제 우리 가족은 8명이 되었다. 가족 모두가 함께 할 수 없음에 마음이 아파진다. 아버님과 어머님이 몹시 그리운 날이다.

끼룩 끼룩 갈매기~~

소중한 그때 그 약속

하와이로 갈까?
제주도로 갈까?

결혼을 하는 그 해 그 달은 우리나라가 IMF에 구제금융을 신청하고 빚더미에 올랐다는 방송과 기사로 한 달째 열을 올리고 있었다. 이러한 분위기에 우린 당연히 국내여행을 택했고, 한편으로는 무거운 마음이었지만 또한 즐거움을 안고 제주도로 떠났다.

낯선 여행지였지만, 유쾌한 가이드 덕분에 좋은 여행을 할 수 있었다. 여행지에서는 이처럼 낯선 사람도 만나고 배움을 얻기도 한다.

제주도를 다녀온 지도 어느덧 25년이라니, 참으로 세월이 빠르다. 대학에서 같은 학과 친구로 만나서 부부가 되고, 함께 한 시간들을 돌아보니 감회가 무척 새롭다.

기쁜 일과 잘 한 일들은 서로 칭찬하며 이끌어주었던 시간들, 힘들고 아픈 일들은 서로 위로하고 격려하는 시간 속에서 우리는 여전히 같은 곳을 바라보았고, 계속 나아가리라 다짐해 본다.

드넓은 모래 위에 선명한 하트에 담았던 우리들의 마음과 약속을 계속 이루어 나가도록, 서로 다독이고 애쓰며 손을 꽉 잡아주리라.

1997.10.20. 제주도에서

Today's series

Part 3

우리가 함께한 어느 날의 제주

권나영 지음

권나영

×

계절이 바뀔 때마다 다녀온 제주, 그 걸음마다 함께해 준 사랑하는 사람들과의 소중한 추억을 남겨두기 위해 포토 캘리그라피로 담았다.

우리가 함께한 어느 날의 제주

제주를 너무 사랑한 한 친구가 있었습니다. 함께 제주 여행을 즐기던 그녀가 몇 해 전 제주에 터를 잡고 눌러앉았습니다. 그런 그녀를 만나기 위해 계절이 바뀔 때마다 사랑하는 사람들과 제주를 찾았습니다.

언제나 반갑게 맞아주던 친구가 올 4월에 난소암 4기 판정을 받고 7월에 제주의 바람이 되었습니다.

"너는 스스로 행복을 찾아내는 사람이야. 내가 없어도 너는 꼭 행복할 거라 믿어."

6월 말에 걸려 온 그녀의 전화에 헛소리하지 말라며 끊어버린 게 마지막 통화가 될 줄은 꿈에도 몰랐습니다. 4기라도 10년 넘게 산 사람이 있다며 웃던 그녀의 말을 철석같이 믿고 싶었던 것인지도 모르겠습니다.

그녀와 함께한 제주 여행은 노을 진 월정리 바다보다 어여뻤고 함께 올랐던 수많은 오름보다 푸르렀습니다. 우리가 피우던 이야기꽃은 잠시 추억 속에 담아둬야겠기에 그녀를 잊지 않고 기억하기 위해 그녀와 함께했던 순간들을 책으로 남겨 봅니다.

공항에 도착하면 늘 네가 있었고, 우린 협재를 향해 달렸지.
그 모든 날의 바람결을 내 손끝은 아직도 생생히 기억해.
아마도 아주 오래도록 잊지 못할 거야.

너는 오름을 오르면 세상을 다 가진 기분이라 했지.
제주의 그 많은 오름을 오르고 또 오르던 네가
더 이상 오름에 가지 못하게 됐다고 속상해하던 모습이 자꾸 떠올라.

우리 아직 한라산은 영실오름 밖에 못 갔잖아.
다음엔 꼭 눈 덮인 백록담에서 인증샷 찍기로 했잖아.
이 배신자야!

웃는 모습이 너무 사랑스럽고 예뻤던 너

보고 싶다.

우리에게
다시
돌아오지 않을
계절
#1100고지

30년이 넘는 동안 한결같은 마음으로 내 곁에 있어 준 친구.

그녀의 소식을 들었던 날에도 너는 한걸음에 달려와 나를 안아주었지…

셋이 함께했던 그 모든 날의 제주를 같이 추억할 수 있는 사람이 있어 다행이야.

나보다 더 나를 잘 아는 내 오랜 벗, 나보다 더 나를 예뻐해 주었던 그녀.
바로 이 자리에 앉아 있던 그녀를 찍었던 사진이 도대체 어디로 사라진 건지...
너무 맘에 들어 하늘길에 품고 가버렸나 봐.

어쩜 둘이 똑 닮았냐며
사진 찍으면서도 깔깔거리며 웃던 너.
자매인데 닮는 게 당연한 거 아냐?

그 찰나를 남겨준 너...

"엄마 우리 제주 이모한테 언제 또 가?"
라고 물어보는 아들들에게
차마 네 소식 전할 수가 없어 바쁘다는 핑계만 대고 있어.

얘네 이젠 나보다 키가 커
너 많이 보고 싶어 하는데 어떡하면 좋니?

그렇더라 정말… 남는 건 사진밖에 없어.
너와 함께했던 마지막 일주일 동안엔 영상을 참 많이도 찍었더라.
차마 열어보지도 못하고 있지만…

사랑받는다는게 어떤건지 알게해준 남편♡ 고맙습니다 #용담공원

그녀를 만나러 제주에 간다고 할 때마다 비행기표랑 렌터카 예약해 주고
친구 만난 거 많이 사 주라며 카드 쥐여 주던 당신 덕분에 마지막으로 함께한
일주일 동안에도 맛난 거 실컷 먹였어요 고마워요

#올레길

그 때의 멈추어진
그 순간, 경주에서
신수연 지음

여섯 살 적에 나는 "체험한 이야기"라는 제목의, 원시림에 관한 책에서 기막힌 그림 하나를 본 적이 있다. 맹수를 집어삼키고 있는 보아 구렁이 그림이었다. 위의 그림은 그것을 옮겨 그린 것이다.

그 책에는 이렇게 씌어 있었다.

"보아 구렁이는 먹이를 씹지도 않고 통째로 집어삼킨다. 그리고는 꼼짝도 하지 못하고 여섯 달 동안 잠을 자면서 그것을 소화시킨다."

나는 그래서 밀림 속에서의 모험에 대해 한참 생각해 보고 난 끝에 색연필을 가지고 내 나름대로 내 생애 첫 번째 그림을 그려보았다. 나의 그림 제 1호였다. 그것은 이런 그림이었다.

나는 그 걸작품을 어른들에게 보여 주면서 내 그림이 무섭지 않느냐고 물었다.

그들은 "모자가 뭐가 무섭다는 거니?" 하고 대답했다.

내 그림은 모자를 그린 게 아니었다. 그것은 코끼리를 소화시키고 있는 보아 구렁이었다.

그래서 나는 어른들이 알아볼 수 있도록 보아 구렁이의 속을 그렸다. 어른들은 언제나 설명을 해주어야만 한다. 나의 그림 제 2호는 이러했다.

신수연

×

어느 한쪽으로만 치우치지 않았으면 하는 마음으로, 조금의 불편은 감수할 수 있으면서 매 순간순간 행복 찾기. 여행은 늘 아쉬움이 남는 것.

창문을 열면 인사하고 대화할 수 있어서 좋다는 첫째.
둘째도 잡고 서서 밖을 볼 수 있어서 좋았던, 낮은 창.

자랄수록 아는 것이 늘어나면서 겁이 많아진 아들,
손을 뻗어 새 먹이 준 것만 해도 기특해.

옛날 교복으로 입혀서 사진놀이.
사진 찍히는 걸 좋아하지 않는 나와 다르게 선뜻 나서서 주도하는 아들.
남편이 아들에게 얘기하며 제일 즐거워 했던 '추억의 달동네'

근사한 저녁. 맛있었던 비법소스의 스시.
과거의 선의에 감사하다고 좋은 음식으로 돌아왔다.

월정교, 신라의 흔적. 웅장하면서도 관광을 위한 화려함일까.
어둑해짐 속에 들려오는 자연의 소리가 좋았던 산책 시간.

"첨성대가 뭐야?"라는 너의 질문.
너에게 어떤 기억, 어떤 느낌으로 남을까.

규화목.

오랜 시간의 결과, 갑자기 멈추어진 그 때의 어떤 그 순간.

어떤 흔적들 조차 귀하지 않은 것이 없다.

마음 한 켠 가득해진 찬란함의 그 화려함을 너도 느꼈을까.

손과 발의 움직임에 따라 뿌려지는 금가루.

어른들이 걸을 만한 거리는 아이가 걸을 만한 것과는 다르다.
대릉원을 뒤로 한 채, 쉬어야 한다며 먹는 아이스크림은 꿀맛.

보는 것도 좋지만 직접 경험하는 것이 더 좋은 아이들.
여행 계획을 준비할 때마다 고민한다. 내가 좋아하는 것, 남편, 아이들이
좋아하는 것들을 어떻게 하면 잘 섞어 낼 수 있을까.

물놀이는 해야 여름 여행을 온 듯한 기분.
풍성했던 버블, 어리둥절한 아이들 속에 나는 기분이 한껏 들떴다.

타닥타닥.

꼭 '불멍'과 '마시멜로 구워먹기'를 해야한다는 아들.

덕분에 구운 마시멜로를 처음 먹어보았다.

"난 이 느낌이 머물러 주길 바라."
영화 속에 있었던 것처럼 마음 말랑말랑했던 순간.

아쉬움 가득한 마지막 날, 하룻밤 더 자고 가자고 하는 아들.
우리 다음에 또 여행오자.

Today's series
Part 5
여행의
의미
미미 지음

미미

×

나는 겨울 여행을 좋아한다. 겨울이 되면 의무처럼 떠나고 싶어진다.
그래야 새로 난 봄새싹처럼 새로운 내가 돋아날 수 있을 것 같다.
새싹은 겨울내 그곳에 있었고, 나도 늘 내 삶 이곳에 있었다.

첫번째 혼자 여행

여행을 좋아하기 시작한 건 혼자 다녀온 나의 첫 번째 여행 이후다. 가고 싶은 곳과 보고 싶은 것, 먹고 싶은 것과 해보고 싶은 것을 고르고 또 골랐다. 일주일간의 제주여행을 나는 한달은 꼬박 계획했었다. 혼자 떠나는 여행이 겁이 났다. 그래도 나는 떠나고 싶었다.

제주 버스의 배차시간은 서울과 달랐다. 기다리고 또 기다려 사려니숲길에 도착했다. 안개비가 내렸고, 숲에는 나 혼자 뿐이였다. 눈썹 위에도, 콧잔등 위에도 안개가 내려앉았다. 까마귀가 까악까악- 울었다. 까마귀가 너무 까맣고 커서 아무도 모르게 잡아 먹힐 것 같아 무서웠다. 까마귀에게 나의 존재를 들키지 않도록 아주 조용히 사뿐히 걸었다. 습기가 높아 숨이 막힐 지경이였다.

그 이후로도 다른 사람들과 여러 번 사려니숲길에 가보았다. 까마귀는 더 이상 무섭지 않았고, 안개비를 만나지도 못했다.

제주의 사려니숲길은 나 혼자 걷는길이다. 무서워도 나는 혼자 걸을 수 있다.

소원 빌기

나는 종교가 없다.

그런데 이상하게도 여행 중에는 빌 수 있는 모든 것에 빈다. 여행 중에 만난 교회나 성당, 절을 그냥 지나칠 수가 없다. 돌탑과 오래된 나무 심지어 엮어놓은 지푸라기에도 소원을 빈다. 눈을 감으라면 감고, 두 손을 모으라면 모으고, 엎드리라면 냉큼 절도 하고, 쓰라면 간절히 쓴다. 신께서 나를 이리 오라고 했던 것 같고, 나의 소원을 들어주기 위해 그곳에서 기다리고 있었을 것 같다.

인생의 큰 사건이 지나고 새출발을 시작할 때쯤 나는 여행을 부른다. 익숙한 내 삶의 터전에서 벗어나 낯설고 불편한 곳에 다녀오자고 한다. 여행은 의식 같은 것이다. 빌고 또 비는 마음속에 새로운 용기가 피어난다. 전국 방방곡곡에 내가 심어놓은 나의 기도가 여전히 살아있을 것 같다.

그땅이 살아서

겨울이 되었으니 나는 여전히 떠난다.
기차를 타고 안동-대구-순천-광주-전주-군산을 돌아오는 열흘간의 일정이다. 첫 번째 도착한 안동 하회마을에서 연초 하회탈 마당극이 열렸다. 돌계단에 앉아 점심으로 안동찜닭을 먹을지, 간고등어를 먹을지 고민하고 있었다.
우스꽝스런 탈을 쓰고 할아버지 배우가 할머니 연기를 했다. 어설픈 연기를 어설프게 해서 웃음이 났다. 전문적이지도 화려하지도 않은 공연이 너무나 친근해서 마음이 따뜻해졌다.
공연이 끝나고 하회마을 이곳저곳을 골목마다 걸어다녔다. 겨울 햇살이 집집마다 스며들었다. 대문을 지나 마당을 가로질러 마룻바닥을 데워주고 있었다. 한겨울이 길을 몰라 도망간 것 같았다. 왜 이곳에 양반댁들이 많은지 느낄 수 있었다. 내가 땅의 힘을 믿기 시작했던 계기가 된다.
따뜻함을 오래 간직하고 싶어 하회탈 마그넷을 사와 냉장고에 붙였다. 마음 속에 찬기가 불어 따뜻한 햇살이 절실해지면 다시 안동에 가보기로 한다.

여행중에 사건

이탈리아에. 아름다운 바티칸에 심취해 세상과 사람과 예술에 감격해하고 있었다. 여행이 주는 행복감에 충실하고 있었다. 그리고 지하철을 타고 숙소로 돌아오는 길, 갑자기 이상한 느낌이 들었다. 나랑 마주 본 여자애 하나가 내 코트 안주머니 속으로 대놓고 손을 집어넣는다. 유럽에 소매치기가 많다더니, 이건 대놓고 친다! 그 여자애의 손이 꼭 내 손인것 마냥 아주 자연스러웠다. 어이가 없어 나는 그 손과 그 여자아이 눈을 번갈아 쳐다보았다. 여자아이는 심지어 웃고 있었다.
전철안에 동양인은 나 혼자였다. 나는 한국말로 소리쳐야할지, 영어로 소리쳐야할지 순간 어지러웠다. 지하철 안 정적을 깨고 "야!! 그만해!" 한마디를 비명처럼 질렀다. 소매치기범들은 너 왜이리 호들갑이야? 내가 뭘 어쨌길래? 라며 손짓 어깻짓으로 나를 비웃었다. 아무도 나를 도와주지 않았다.
숙소에 돌아와 그 새벽을 꼴딱 샜다. 손이 떨리고 심장이 뛰어 이대로 집에 돌아가고 싶었다. 여자애가 나를 비웃었던게 자꾸 떠올라 분해 죽을 것 같았다. 그러다 이대로 그 못생긴 여자애 때문에 내 소중한 여행을 망치고 싶지 않아졌다. 그래! 이건 하나의 에피소드에 불과하지 않아! 생각을 바꾸니 마법처럼 기분이 나아졌다. 스스로 감정을 바꾼 나 자신을 오래두고 칭찬했다. 삶을 멋지게 사는 법을 여행을 통해 배워간다.

후회하지 않기 위해 뛰어내리기

세계에서 가장 처음 만들어진 번지점프라고 했다.
지금 아니면 내가 언제 뉴질랜드에 오겠어? 지금 아니면 내가 언제 또 세계 최초의 번지점프를 해보겠어? 지금 아니면.. 지금 아니면... 다시는 기회가 오지 않을 것 같았다. 이게 대체 무슨 기회일까? 내 돈 내고 내가 높은 곳에서 잔뜩 겁을 먹은 채 울며 겨자먹기로 뛰어내리는 기회가 정말 기회일까? 어쨌든 나는 후회하지 않기 위해 뛰어내렸다.
별을 보려고 떠난 뉴질랜드 여행에서 가장 기억에 남는건 번지점프이다. 아직도 생각하면 소름돋는 번지점프. 다시는 하고 싶지 않은 번지점프. 그래도 후회는 없다고 우기는 나다. 여행은 나를 용기있는 사람처럼 포장해주고, 후회없는 삶을 사는 것처럼 설명해준다. 여행을 할수록 나는 그런 사람이 되어간다.

꿀맛나는 귤

이탈리아 로마에서다. 시장에서 귤이 팔길래 사먹었는데 너무 달고 맛있어서 놀라웠다. 꼭지는 길었고 잎이 두꺼웠다. 귤 껍질은 단단하고 무엇으로 닦은 것처럼 윤기가 났다. 손에 들고 다니며 거리에서 아껴 먹었다. 하루종일 먹었다. 귤하나가 주는 기쁨이 컸다. 아주 소소해서 어디 자랑할데도 없었다.
이탈리아 귤이 너무 맛있었다고, 너도 가서 한번 먹어보라고 하면 사람들이 진지하게 들어줄까? 열두시간이나 비행기 타고 날아가 고작 귤 하나에 이렇게까지 반할 수가 있을까? 이래서 여행은 아주 엉뚱한 놈이다.
아주 작아서, 하찮아서, 흔해빠져서 자꾸 여행이 가고 싶다.

엄마의 여행

"엄마, 이번 여행에서 가장 기억에 남는게 뭐야?"

엄마는 테레비에서만 봤지, 넓다 넓다 해도 이렇게 끝도 없이 넓은 땅은 처음봤다고 했다. 우리나라 고속도로는 쨉도 안된다고 했다. 산 하나 보이지 않는 도시가 신기하다고 했다. 엄마에게 중국은 넓은 도로다.
또 엄마는 무슨 놈의 오토바이가 그렇게 많은지 요래요래 지나다니는 게 아주 볼만했다고 했다. 또 커피가 너무 맛이 있어서 옴마야 깜짝 놀랐다고 했다. 엄마에게 베트남은 오토바이와 커피로 기억된다.
엄마는 아프리카에 가보고 싶다고 했다. 가서 동물의 왕국 프로그램에 나오는 커다란 동물들을 보고 싶다고 했다. 동물들은 대단하다고 했다.

나는 이제 엄마와 함께 아프리카에 가봐야 한다.

Today's series

Part 6

선물 같은 여행의 추억

김소연 지음

김소연

×

스물여섯의 인생 중 가장 선물 같았던 여행을 골라서 추억을 담아 글을 썼습니다.

속초 바다와 우정 여행

스물두 살 무렵 나의 오랜 친구들은 나를 위해 속초 바다에 가는 표를 예매했다고 이야기하였다. 친구들이 말하길 여러 일로 힘들어하는 나에게 바다를 보여주고 싶었다고 했었다. 친구들은 나를 속초 바다에 데려가는 것에 성공했고 나는 긴 시간 끝에 도착하여 맞이한 바다를 바라보며 그동안 우울하고 기분 안 좋았던 모든 것들을 뒤로 한 채 시원함과 행복을 느낄 수 있었다. 바다를 보고 집으로 돌아가려 할 때 표를 구하지 못하는 변수가 생기게 되어 급하게 호텔을 잡고 1박을 하게 되었었다. 친구들끼리 처음 하는 1박 여행이 되어 설렘을 가득 안은 채 저녁에 먹을 먹거리와 불꽃놀이를 할 폭죽을 샀었다. 시장에서 사 온 맛있는 음식들을 먹고 난 후 거리를 구경하며 밤바다에서 불꽃놀이를 하였다. 호텔로 돌아와서는 푹신푹신한 침대에 모여 서로의 이야기를 나누며 추억을 쌓았다. 속초 바다는 나를 위해 마음을 써 준 친구들을 떠올리게 하는 내 인생에서 기억에 남는 여행지 중 하나이다.

여름과 가을 사이의 바다

나는 나의 투정을 아무 내색 없이 다 받아주고 이해해주었던 친구들에 대한 미안함과 고마움을 간직한 채 여름과 가을 그 애매한 경계의 계절 속 속초 바다를 잊지 못할 것이다.

한여름의 병원

스물여섯의 한여름에 나는 2주 정도의 시간 동안 병원에 입원하게 되었다. 병원에서 만나 친해진 친구들에게 손바닥만 한 크기의 곰 인형과 작은 메모지를 가득 채운 편지를 선물로 주었다. 좋아하는 친구들을 보며 나 또한 기쁜 마음이 들었다. 선물의 의미는 친구가 병원에서 외롭지 않기를 바라는 나의 마음이었다. 내가 소중히 건넨 선물이 친구에게 친구가 되어줄 수 있기를, 힘들 때 위로가 되어줄 수 있기를, 하는 나의 바람이었다.

한여름의 흰 구름

병원의 창문은 거의 가려진 상태였는데 안 가려진 틈 사이로 하늘에 둥둥 떠 있는 흰 구름을 바라보곤 했다. 흰 구름을 보고 있으면 내 마음도 하얗게 물들어지는 것 같았다. 구름에 보고 싶은 얼굴들을 그려보며 그리움을 보냈다.

한여름의 쌍무지개

입원해 있는 어느 날 저녁 무렵의 하늘에 쌍무지개가 떴다. 내 인생에서 처음으로 본 쌍무지개였다. 너무나도 선명한 무지개 색깔이 빛에 반짝거렸다. 마치 쌍무지개가 나에게 반짝이며 좋은 일들만 생길 것이라고 하는 것만 같았다.

한여름의 일상

갯벌 나들이

어렸을 때 가족끼리 갯벌에 종종 놀러 갔었다. 바닷물이 빠진 갯벌에는 구멍이 숭숭 나 있었는데 어린 나와 동생은 신기해하며 조그마한 구멍 안을 들여다보았었다. 그러면 그 안에서 나오는 작은 게들을 볼 수 있었고 나는 동생과 함께 빠르게 도망가는 게를 두 손가락으로 잽싸게 집어 손바닥 위에 올려놓고 관찰해보곤 했다. 나는 작은 게를 조금 무서워했는데 동생은 나보다는 덜 무서워하는 것 같았다. 관찰 후 게는 갯벌에 풀어주고 다른 것들을 탐색했었다. 조개, 소라, 달팽이 모양처럼 생긴 껍질 등 예뻐 보이는 것들을 하나둘씩 주머니에 담아서 집에 가져왔었다. 갯벌에 자주 갔었던 만큼 추억도 많아서 어릴 적 추억의 여행지 하면 많은 여행지 중 갯벌이 가장 먼저 떠오르는 것 같다.

놀이공원의 회전목마

빙글빙글 돌아가는 흰색의 말들
빙글빙글 돌아오면 엄마 얼굴이 보이네
다시 빙글빙글 돌아보니 엄마가 내 뒤에 앉아 있네
올라갔다 내려갔다 올라갔다 내려갔다
음악에 맞추어 빙그르르
웃는 엄마 모습이 보이네

부산여행

내가 부산을 가게 된 것은 벡스코에서 열리는 k-핸드메이드 페어에 작가로 참가하기 때문이었다. 나는 인형 공예를 좋아하고 관심이 많은데 귀여운 인형을 보면 힐링 되는 느낌을 얻기 때문이다. 그래서 나 같은 사람들을 위한 인형을 만들어 판매를 해보고 싶은 마음이 들었고 실행으로 옮기게 되었다. 페어 참가 신청을 하고 인형을 만들어 페어에서 보낸 시간은 나에게 꿈만 같았다. 내가 꿈꾸던 일들이 벌어졌기 때문이었다. 하나도 안 팔릴 줄 알았던 인형들은 하나둘씩 팔리기 시작했고 인스타 아이디를 물어봐 주시는 분들도 계셨다. 설렘과 동시에 나는 점점 몸이 긴장하여 떨리기도 하였다. 전혀 생각지 않았던 일들이 벌어지니 별거 아닌데도 심장이 쿵 쿵 쿵 뛰었다. 긴 페어 시간이 끝나면 부산 구경을 했는데 기억에 제일 남은 곳은 해운대 바다였다. 부산에 머무는 4일 내내 비가 와서 흐릿한 풍경이었지만 그래도 좋았다. 올여름 떠난 여행지였던 부산은 나에게 낯설지만 색다른 곳이었다.

비 오는 날의 바다 풍경

Today's series

Part 7

지하철역에서 떠나는 카페투어

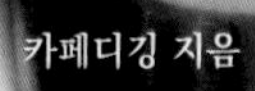
카페디깅 지음

카페디깅

×

우리가 일상에서 떠나고 싶어질 정도로
답답함이 가득 찬 순간.

그럴수록 주변을 살펴보면,
이국적인 풍경으로 공간여행을 떠나봐요.

with 카페디깅 (Cafe_digging)

용산역에는 용리단길로 불리는 골목과 별도로 한강대교 방향 노들섬 향하는 길목으로 걸어가면 제주도 감성이 가득한 '올딧세' 카페를 찾을 수 있습니다.

서빙고역에서는 잔잔한 물이 흐르는 곳을 바라보면 잠시 여행을 떠나는 기분이 들정도로 평온함을 전달하는 어반플랜트 카페가 있습니다.

서울역에서는 을지로 힙한 감성을 옮겨 놓은 것 같은 착각할 정도로 인테리어가 개성 있는 '상향선' 카페를 발견할 수 있습니다.

마지막 **숙대입구역**에서는 강아지 친구가 반겨주는 온오프커피가 있습니다.

첫 번째 내리는 역은 용산역,
'올딧세 카페' 입니다.

'올딧세' 카페를 방문하면, 꼭 체크해야 하는 감상 포인트가 있습니다. 바로 붉은 벽돌의 컬러와 회색빛 감도는 담벼락의 컬러 대칭입니다. 이러한 대칭은 자연스럽게 주변 시선에 아랑곳하지 않고, 공간에 집중하는 환경을 조성합니다.

매장 내부를 향하는 길을 짧은 동선이지만, 옹벽을 바라보게 하는 창가 위치는 여행지를 연상하게 하는 관광객 모드로 전환됩니다.

올딧세의 경치 결정체, 축대벽과 돌담이 어우러진 제주도 감성!

제주도의 감성을 떠올리면 어떤 것들이 있을까요?
저는 화강암 돌이 어우러지는 목조 건물이 떠올려지더라고요.

'올딧세' 카페가 유독 눈에 들어오는 이유도 인테리어가 시선을 사로잡는 매력적인 요소가 곳곳에 배치되어 있기 때문입니다. 특히 2층 루프탑은 작은 공간이지만, 탁 트인 하늘과 동네뷰를 감상할 수 있다는 것이 장점입니다.

용산역에서도 골목 깊숙하게 자리잡았지만, 한 곳에서는 제주의 감성을 느끼면서 다른 곳에서는 재즈와인바 느낌도 있는 공간의 공감각적 매력이 이곳으로 발길을 이끌어 내는 매력입니다.

낮에는 제주도의 감성을 느낄 수 있다면,

저녁 이후에는 도심 속 오아시스를 찾아오는 것처럼
자연과 함께하는 여유를 누릴 수 있습니다.

조명이 각 공간을 비추면서, 스카이라인이
잘 정돈된 용산역 주변에서
탁 트인 밤하늘을 감상할 수 있습니다.

도시 한복판에서 느껴보는 여유,
바쁜 일상에서 자신을 위한 시간을
보낼 수 있는 공간입니다.

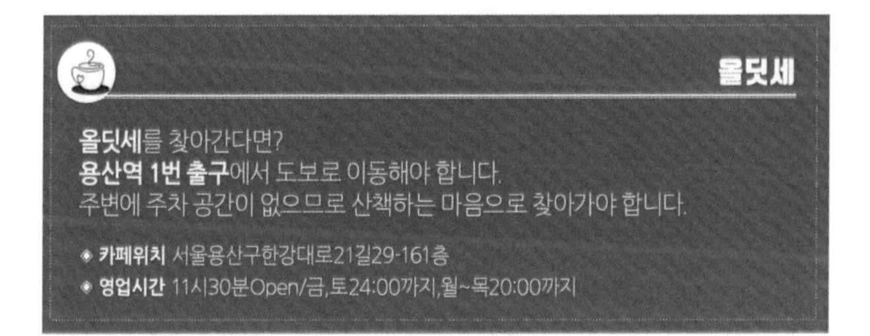
올딧세

올딧세를 찾아간다면?
용산역 1번 출구에서 도보로 이동해야 합니다.
주변에 주차 공간이 없으므로 산책하는 마음으로 찾아가야 합니다.

- **카페위치** 서울용산구한강대로21길29-161층
- **영업시간** 11시30분Open/금,토24:00까지,월~목20:00까지

두 번째 내리는 역은 서빙고역,
'어반플랜트' 입니다.

서빙고역에서 요즘 볼거리가 늘어났는데요.

구 미군장교숙소 단지와 웨스트빙고 카페 등 다양한 공간이 방 문을 손짓합니다. 그리고 여기에 새로운 곳이 추가되었어요. 어 반플랜트 서빙고 카페인데요.

어반플랜트는 합정점에서도 식물 컨셉 인테리어가 사람들의 관심을 끌었던 공간이에요. 이제는 서빙고역에서 자리를 잡았다고 하니 더 궁금했어요.

기존 한옥의 중정구조를 유지하면서, 지붕 처마 곡선미와 현대 한옥에서 볼 수 있는 처마구조도 찾을 수 있어요.

신기한 부분은 골목의 어귀에서 살짝 높은 언덕에 위치해서인지 은근히 루프탑 느낌도 전달받을 수 있습니다.

정원을 연상하는 나무와 조명의 배치, 신기하게도 돌바닥의 징검다리 건너듯 정문을 향하는데요.

전체적인 뷰는 이렇게 기역 구조에서 중정이 하늘과 맞닿은 영역이라 시원한 풍경을 사방에서 감상할 수 있었어요.

조금 각도를 다르게 보면, 멋진 하늘의 구름 이동도 볼 수 있었어요.

정원을 연상하는 나무와 조명의 배치,
신기하게도 돌바닥의 징검다리 건너듯 정문을 향하는데요.

그 아래는 잔잔한 물이 흐르고 있는데요.

제가 방문했던 시기가
추운 날씨가 기승을 부렸기에 꽁꽁 얼어 있었어요.

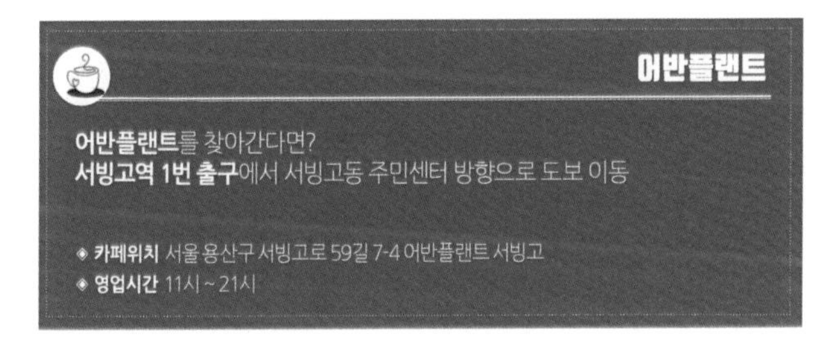

세 번째 내리는 역은 서울역,
'상향선' 입니다.

문 앞에서 바라본 가게 분위기는 힙한 감성이 있고, 좁지만 아늑한 감성을 상상했습니다. 막상 들어가니 생각보다 큰 공간에 놀랐습니다. 카운터를 주변으로 좁은 공간이 더 깊이 들어갈수록 넓게 펼쳐졌습니다.

작지만 일정 공간이 컨셉을 갖고 구분되어 있어요. Bar 형태의 테이블도 있어서 그런지 조용하고 편안합니다. 자기만의 시간을 누리기에는 좋은 것 같습니다.

커피를 마시면서 입이 심심하다 보니 디저트로 무엇을 먹을지 고민하다가 선택한 것은 '쿠키' 였습니다. 패키지 디자인이 이국적이라 눈에 들어왔습니다. 마치 치즈가 듬뿍 담겨있을 것 같은 연상작용을 불러왔습니다.

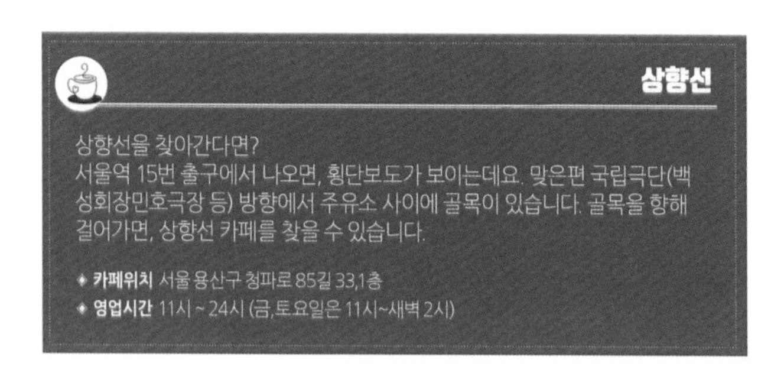

상향선

상향선을 찾아간다면?
서울역 15번 출구에서 나오면, 횡단보도가 보이는데요. 맞은편 국립극단(백성희장민호극장 등) 방향에서 주유소 사이에 골목이 있습니다. 골목을 향해 걸어가면, 상향선 카페를 찾을 수 있습니다.

- **카페위치** 서울 용산구 청파로 85길 33,1층
- **영업시간** 11시 ~ 24시 (금,토요일은 11시~새벽 2시)

상향선

네 번째 내리는 역은 숙대입구역, '온오프커피' 입니다.

김포공항역 근처에도 있다고 했는데, 생각보다 이렇게 가까운 서울역 주변에서도 찾아갈 수 있더라고요. 미국 감성의 표지판과 벽면의 컬러가 마치 뉴욕의 브루클린을 연상하는 분위기를 느낄 수 있습니다.

카페 내부에는 빈티지 인테리어 가구와 심플한 조명과 원목의 기둥과 타이포 디자인이 적절한 조화를 이루고 있습니다.

이 카페의 하이라이트는 조용히 앉아서 쉬고 있는 '강아지'입니다. 자주 보이지 않을 수 있지만, 보이는 순간에는 손님 옆에서 조용히 앉아있거나 스르르 다른 장소로 이동하면서 공간의 여유로움을 누리는 모습을 감상할 수 있습니다.

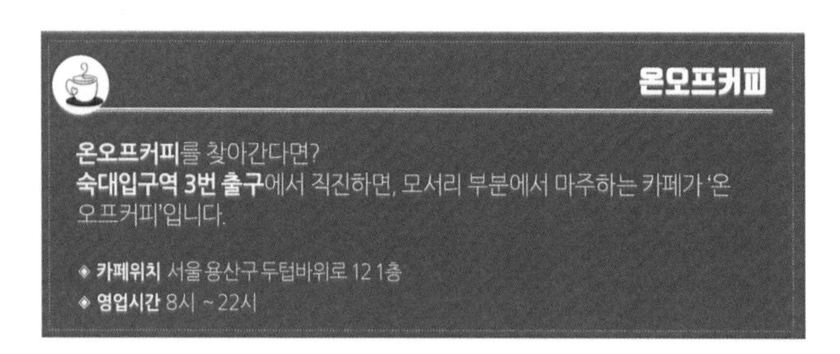

온오프커피

온오프커피를 찾아간다면?
숙대입구역 3번 출구에서 직진하면, 모서리 부분에서 마주하는 카페가 '온오프커피'입니다.

◈ **카페위치** 서울 용산구 두텁바위로 12 1층
◈ **영업시간** 8시 ~ 22시

On Off Coffee
OOC
ON
OFF
COFFEE

On Off Coffee

서빙고역 어반플랜트에서 누리는 자연소재 with 커피

어반플랜트에서 나와 서빙고역 향하는 길 . . .

카페를 찾아 떠나는 여행은
잠시나마 힘든 일상 (직장/학교 등)에서
작은 힐링을 제공합니다.

상상을 펼쳐가는 장소이자
아디디어가 연결하는 접점을 마련합니다.

오늘부터 지하철역 주변
카페를 찾아 떠나는 여정을 시작해보세요.

<책만들기파워업 6기>

여행이라는 주제로 함께 할 수 있어서 감사합니다.

장선혜

라쌤

권나영

신수연

미미

김소연

카페디깅